献给文森特与提奥，以及 K.Y

我有一个哥哥。

哥哥凡·高

Mon Frère

〔日〕伊势英子/著·绘　　周龙梅/译

GUANGXI NORMAL UNIVERSITY PRESS
广西师范大学出版社
·桂林·

天空把你遮掩，
还是你躲进了金黄色的麦浪中？
没有风，麦穗却在摇曳。
天空的湛蓝和太阳的光线太晃眼，
抬着灵柩的朋友们，似乎都在微笑。

小鸟在天空的高处鸣叫。

是云雀——

空气中弥漫着成熟的麦子、即将收割的麦穗的味道，以及你的味道。

可是，你在何方？

乌云低沉的天空，就是我们的天空。

从这般天空忽然洒下一片光亮，黑土上，小麦的绿色如绒毛般伸向远方。

这是我们荷兰的春天。

我们俩仿佛在出生之前，就已知道米勒那祈祷时的风景……

父亲是村里唯一一座小教堂的牧师。

记得有一次我们从牧师馆的窗户跳到院子里，结果被父亲批评了。

父亲很爱学习，总是在书斋里读《圣经》。

不过，到了晚上，他就会给我们读狄更斯和安徒生。

你对《圣诞颂歌》情有独钟。

小麦的麦穗不断长高，崭新的云朵从麦田里诞生——夏天来了。

我们俩一起聆听云雀的歌唱。

追赶云影。

很多时候，你隐没在麦浪中，我好害怕你就这样消失不见。

但是，你总是挥着手朝我微笑，
仿佛世界上没有什么可怕的事情。

就像那时候一样，现在你也只是躲在麦浪里吗？

"我想成为父亲那样的人。"你曾经向我吐露。

可我想成为哥哥那样的人。

你的前路，充满了不可思议，充满了新奇和美好的事物。

傍晚雷阵雨过后，欧石楠的每一朵小花上都响起新生雨滴的乐曲。

白杨和桦树的树叶飘旋而下，仿佛金色的雨。

你能灵巧地爬上洋槐树掏喜鹊的巢。

"只能掏那些已经完成养育小鸟使命的鸟巢哟。"你说。

天空的碎片和云朵的剪影，化作柔和的光从树林间洒落——深秋降临。

当看到欧石楠原野的暮色中那些点亮的农家灯火，你自言自语道："这是人类的巢穴啊。"

在平淡无奇的风景中，你总能看到很特别的东西。

分别总是突然而至的吗？——就像今天这样。

最初的分别也是这样。你即将去往远方的学校住宿。

一想到爸爸和你要踏上一次神秘而愉快的旅程，我就羡慕不已。

不知为什么会那么想。

你第一次离开家人独立生活，心中一定充满了不安与寂寞。

那时我 7 岁，你 11 岁。

马车载着你消失在视野中，我还站在路边哭泣。

没有你的麦田里，再也听不到云雀的歌唱。

没有你的家里，只有父亲读《圣经》的声音久久回荡。

从学校毕业后，你在都市的画廊里工作。

你的来信中洋溢着在画的海洋里工作的喜悦。

你还给家里寄来了生活费。我为哥哥你感到骄傲。

圣诞假期，你抱着一捧画集和版画回来了。

当你谈到绘画和画家的时候，你的眼眸如同一团燃烧的绿色火焰，熠熠生辉。

哥哥要是能成为画家就好了，我想。

父亲心想，幸好没有让你成为贫穷的牧师。

因为想和哥哥生活在同一世界，所以到了 16 岁，我也毫不犹豫地进入画廊工作。

当顾客对我推荐的画赞不绝口时，我心里有一种说不出的幸福。

可是你——

你无论如何也无法放弃"想成为和父亲一样的人"的梦想。

你躲在画集后面读《圣经》，在出租屋的墙上画满宗教画。

"把有灵魂的画像郁金香的球根一样出售，我做不到！"

你被画廊解雇了——从那以后，你做了很多工作，但总是不如意。

就好像世界上没有一张你能坐的椅子。

"你哥哥说，这次一定要做一个有用的人，为了矿区的穷人们，要取得传教士的资格。"

父亲的来信中，带着叹息。

"父亲担心我，来看我了。父亲回去后，我望着屋子里的空椅子，像孩子一样哭了起来。"

哥哥来信上的字迹被泪水浸得有些模糊了。

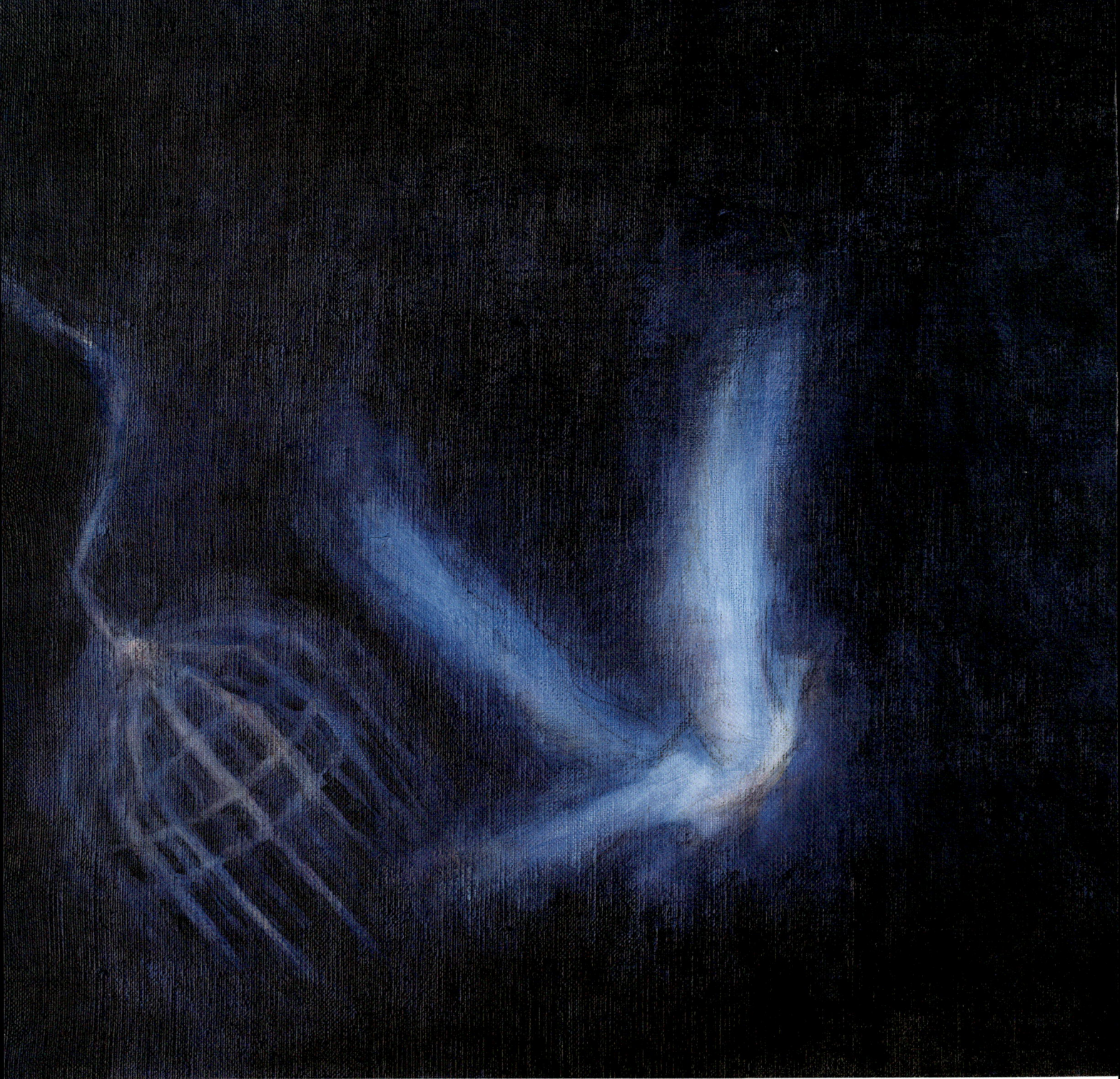

你进了矿区，与大家共同忍受贫穷和悲惨。

你把自己所有的东西都给了别人。

你打着赤脚同矿工们说教后，和他们一起钻进 700 米深的矿井。

在被太阳遗忘的漆黑的土地上，在绝望、贫困与偏见中，你发现了什么呢？

打破了 10 个月的沉默，终于收到了你的来信。同信还附寄了速写。

"嗨，我终于找到了目标。我要成为画家。我不会再给任何人添麻烦了。
我已经摆脱了社会的束缚，我自由了。"
你起飞了。从绝望的井底，向着那一点点小小的天空。
"我还能有未来吗？会有的。因为天空中有无数颗星星，
即使这一颗不是，但总会有一颗是属于我的星星。"

怎么寻找创作主题呢？其实很简单。

因为你没有导师。自己的做法便是一切。

从小一直倾心的自然，将引领你找到创作主题。

在地上、在地下，你的美神降临了。森林、树木、马铃薯、鸟巢、教会、农夫——

你用黑色粉笔，画了一幅幅没有人称赞也没有人想要的画。

"深埋于土里的根盘绕交错，就是我的人生。"
震撼你灵魂的东西，往往就在你身边，就在你的人生中。
你一路流浪，拾起了你的本真。
你没有什么可放弃的东西。

你用我寄给你的微薄的钱，维系着一次次的旅行。

只带着素描本、狄更斯和安徒生。

你总是嘟囔说自己像一只流浪狗。

但是，这只狗，是由人的灵魂、无拘无束的感受和细腻的神经凝聚而成的。

在风景中彷徨的视线使画家成长，但孤立愈发严重。

"一闭上眼睛，就会看到我们童年时代的绿色麦田。我好想见你⋯⋯"

我在巴黎做了画商，奔波于销售流行画家的绘画，疲惫不堪。

哥哥的来信，成了我巨大的精神支柱。

因为你的来信展现出一位真正的画家的姿态。

突然，你来到了巴黎。

"我需要绘画伙伴。我还想学习更多，也想每天去画室。"

巴黎是追求新兴表现的艺术家们的摇篮。

新主义、新流派层出不穷，合流与解散频繁发生。

在狭窄的小公寓里，哥哥和我的生活开始了。

我的公寓很快就堆满了画具。一有客人来，不管是谁，你便与人展开辩论。

与教师、模特也会起冲突，画室也很快就放弃经营。

我们的小公寓，没有人再愿意拜访。

你不懂得"妥协"一词。

你独居太久了。

你调色板上的色彩增多了。而我们的辩论也增加了。

那简直就像你画布上纯色与补色的格斗。

在沉闷的沉默中，我听到你的呼吸声。画中布满了你充满挑战性的笔触。

你的习作填满了我的小公寓，你画了一张又一张自画像。

那面孔既是你，也是我。

看起来，你很努力地想让现实中无法实现的梦想，在艺术上得以升华。

其实你比别人更渴望得到理解。

父亲直至去世也没有与你达成和解。

有些东西要相隔一些距离才能看到，而我们因为离得太近，只能看到对方的缺点。

我既崇拜你的利己主义，又憎恶那种荒唐无稽。

你走了。一路向南，搭乘 17 个小时的火车，直到旅程的尽头——

不久，我收到了你从法国南部寄来的素描和习作——一些连巴黎人都不会采用的绘画表现形式。

"钱花光了。画具不够了！请给我寄 20 支画笔和 20 米画布。

我要在这里建一个画室。资金由你来筹备吧。没钱的画家就到这里来好了。

我现在的绘画水平已经提高了，应该可以和巴黎的画家们交换作品了。"

"谢谢，你的钱我会用我的作品来偿还的。今天给你寄了 7 幅油画。

前天寄去的 15 张素描收到了吧？"

信中有感激，有索求。毫无疑问，你是个纯粹的画家。

——而我是画商。一个很可悲的画商。

你的画，我一张也没能卖掉。

画家每天行走 20 公里，将见到的风景尽收于画布之上。

南方的太阳，映照出事物的存在，令人惊愕。

调色板上跳动着金色和黄色的火焰，意志之手在画布上疯狂挥洒。

发现新的创作主题——你的画作具有强烈的色彩感，同时洋溢着作画时的喜悦。

然而，果真如此吗？
在陌生的土地上，你热血沸腾，鼓足勇气作画。
为了忘却孤独。为了填补没有我的那片空白。
你的画室，没有人来。

不，来了一个人。一个与你同样孤独的画家。

你用顶着刺眼的阳光而绘的一束向日葵来迎接他。

画家被你那强烈的用色所震撼，忌妒之情溢于言表。

是的，你的向日葵画作就是独一无二的。

如同上帝用刺绣的金线描绘出来的一样，高贵又丰富，细腻而赤裸。

两位画家，互不让步。

战友离去了，仅剩下一张只有两条腿的椅子和你的右耳。

无法伤害别人的你，却伤害了自己的身体。

"我的灵魂中，明明有一团暖炉般的火焰，可是无人前来取暖。"

尽管如此，你仍然握着画笔。

你为我家里的小宝宝画了一幅巴旦杏的画。

一幅多么温柔美丽的画啊！

不久就到你最喜欢的麦收季节了。但是你的目光却投向麦田的远方。

忽闪忽闪的橄榄树。你的灵魂化作蓝色和银色的粉末，颤抖着飘浮在空中。

"画是呐喊，我想向你道歉。
我沉醉于眼中映现的事物，对人生毫无防备。"
你同时描绘出光与影，如同同时正视生与死一样——
人的身影从你的画中消失了，黄色从你的调色板上消失了。
而你的信，再也收不到了。

你展开看不见的翅膀。
如同世界上没有什么可怕的事情一样——
你解放了自己。

听着向日葵的声音，听着麦子的话语，
听着星星的歌声的哥哥。

你是回到属于我们的那片天空了吗？

你看到了吗？——松林与被云雾笼罩的村教堂。

划破云彩，春光四溢。宛如绒毛般的麦芽。

逆光中金光闪闪的欧石楠原野和喜鹊的巢。

你听到了吗？在天空的高处，鸟儿在唱着关于你的歌。

——"哥哥""哥哥""哥哥"……

啊，我唯一的哥哥，只属于我的哥哥——

麦田里有你的天空。

天空中有我们的麦田。

四周弥漫着金色和蓝色的风的味道。

后 记

　　画家文森特·威廉·凡·高（1853—1890）在其37年的人生中，共给弟弟提奥·威廉·凡·高（1857—1891）写了近700封书信。从文森特·威廉·凡·高的文字中，我们可以感受到他内心的痛苦——越是想诚实地活着，就越被认为是一个没有节制的、多余的人，从而失去了立足之地；以及他深切的呐喊——除了白色画布，没有可以活出自我的地方。哥哥文森特不断向弟弟诉说：打开"不被社会理解"这座牢狱之门的钥匙，是作为兄弟和朋友的爱。弟弟提奥用自己的一生回应了哥哥。

　　"面对不幸，只能一笑而过。""艺术家如同一只破裂的水瓶。"无论是在法国南部发生割耳事件后因邻居请愿而被警察监禁，还是自己住进精神病院选择了孤立，文森特都不曾憎恨、忌妒别人。也许从离开巴黎，离开弟弟身边开始，他就已悄悄萌生出达观之念。

　　"你不仅仅是一名画商，你和我一起参与了确切、真实的绘画创作。"文森特去世后，从他的遗物中找到一封书信，里面写满了对弟弟的赞美与鼓励。比起畅销和成名，兄弟俩追求的也许是纯粹的灵魂之画吧。

　　兄弟两人的书信中，充满了两人面对悲惨命运时总会想起童年时代的情景，其字里行间流露出兄弟两人对自然的无限憧憬。泥炭与湿地荒野，麦田与欧石楠原野，以及旷野之上随着四季变化的北方天空的阳光，在与大自然紧密相连的地方培育出的手足情，感人肺腑。

这本图画书所讲述的是我心中的文森特·威廉·凡·高与弟弟提奥的故事。

自 1990 年以来，我一直在荷兰、比利时、法国等地追寻凡·高的足迹。追逐着光与影，不知让我思考了多少关于生与死的真谛。在创作了随笔《两位凡·高》、绘本《一个画家》以及完成了与妹妹合译的传记《提奥：另一个凡·高》之后，我无论如何都想描绘一个关于兄弟俩的故事。

文森特死后，提奥在给母亲的信中写道："Ce frère était tout pour moi！——哥哥是我的一切，是只属于我的哥哥！"在创作这本图画书的过程中，这句话一直在我心中回响。

伊势英子

哥哥凡·高
Gege Fan Gao

出版统筹：伍丽云
质量总监：孙才真
责任编辑：文　雯
责任营销：郑茜文
责任美编：邓　莉
责任技编：马其键

图书在版编目（CIP）数据

哥哥凡·高／（日）伊势英子著、绘；周龙梅
译 .-- 桂林：广西师范大学出版社，2023.11
（魔法象．图画书王国）
ISBN 978-7-5598-6312-6

Ⅰ . ①哥… Ⅱ . ①伊… ②周… Ⅲ . ①儿童故事 –
图画故事 – 日本 – 现代Ⅳ . ① I313.85

中国国家版本馆 CIP 数据核字（2023）第 156828 号

广西师范大学出版社出版发行
（广西桂林市五里店路 9 号　邮政编码：541004）
（网址：http://www.bbtpress.com）
出版人：黄轩庄
全国新华书店经销
北京博海升彩色印刷有限公司印刷
（北京市通州区中关村科技园通州园金桥科技产业基地环宇路 6 号　邮政编码：100076）
开本：889 mm × 1 194 mm　1/16
印张：3　　字数：30 千
2023 年 11 月第 1 版　　2023 年 11 月第 1 次印刷
定价：49.80 元

如发现印装质量问题，影响阅读，请与出版社发行部门联系调换。